분꽃은 네 시에 핀다

유한규 시집

분꽃은
네 시에 핀다

한스북스

재작년 12월 중순 독감에 걸려 한 달 여간 출근은 물론 아무런 일도 할 수 없었다.

집에 머무는 동안 마치 모래알 줄줄이 새어 나오듯 시어들이 흘러 난무하였다.

여고시절 국어숙제로 매일 한 개씩 '한국의 명시', '세계의 명시'를 외우고 꽃잎 따서 시집에 끼워 말리면서 고향을 그리워하였다.

방학이면 고향 기암절벽이 있는 낙동강 가 소나무 아래에서 친구의 이젤 옆에서 '산산이 부서진 이름이여~!' 하면서 시간을 죽었다. 서울서 가지고간 책은 거들떠보지도 않고 말이다.

일기장에 습작도 하였지만 그나마 이리저리 나부끼다 시에 대한 기억을 잃어버리고 말았다.

삶에 대한 심오한 철학이나 연단의 정도가 깊달 것도 없지만 삭을 것은 삭고 녹을 것은 녹은 나이인 것은 틀림이 없다 싶다.

새삼스럽게 시를 써서 책으로 만들 역량이 못 미친다 싶어도 이 세상 한 사람이라도 이 순간을 공감할 수 있으면 좋겠다.

언젠가 대중교통도 이용할 수 없고 눈도 초롱 하지 못할 날은 오고야 말 것이고 그 때 영혼이 빈궁하지 않도록 준비하는 마음으로 계속 시를 쓰고 싶다.

2018년 5월

연파(煙波) 유한규

| 목 차 |

1부. 고향집

2부. 만남

3부. 하얀 민들레

4부. 무념무상

5부. 여행

1부
고향집

고향집

신작로
타박타박

그리움
풍선 되어

동네 어귀
우물가 지나
술도가 지나
한교네 집 지나도록

가슴은 뛰고

사랑마루
남폿불
걸어놓고

사랑방
호롱불
그림자

우리 할배

글 읽는 소리

낭랑타~!

고향 1

이방인 되어
이 나라
저 나라
나부끼며

이 나라 말
저 나라 말
비위 맞추다가

나의 나라
내 고향
비위 없어도 되려나

감천 아재
농사 지은
큰 미국 종
참외

춘양 할매
곱게 담은

열무김치

할배 할매 없는
텅 빈
고향

마음에
오색
폭죽 되어
팡 팡
터진다

고향 2

소쩍 소쩍
아마도
삼신당 나무에서
우나

봉세기에
바알간
감

모개와 천득이도
깎아주러
왔지

새끼줄
사랑채에
얼키설키
꿰어 달아

언제
곳감 될까

날마다
해바라기 하다

침 꿀꺽
마음
들킬까
헛기침
두어 번

고향 3

가슴
아파하지
말아요

실향
귀향
탈향
이주의 상처

서사시
미학의 이야기
노래로 승화되어
날개 달고

형제자매
함께
꽃 피워

잊혀져가는
냉수 한 그릇

비교, 자만, 두려움 이기고

마음 안
고향에서
새싹, 꽃봉오리, 열매로

다시
살아날 수
있으리

엄마

곱던 얼굴
삼단 같던 머리칼이

눈썹 마져
희어졌나

장척
무릎에 놓고

화롯불에
인두 빼어

할배 할매
명주 동정
달던 손

검버섯이
눌러 붙어
부용대
빛깔이네

기개가
부용대 만큼이니
손이
닮았네

*부용대 : 고향 마을의 기암절벽 이름

마포 집

구정 무렵
엄마와 올케

효도 윷 논다

세 판
연이어 이긴다
그래도
박수치며 웃는 얼굴

한 판이라도 져 드릴까
또 놀자
억지 쓰다

다섯 판 이기고
어쩔 수 없어
올케 맛 난 밥

떨어지지 않는
발길 떼어

버스 정류장

6층 동쪽 방

올려다보며

오열 삼키다

어무이

'저녁이라도 매일 전화 한 번 하지'
가을 서리 내리는 듯
화살
전화기로
날아와 꽂히다

하루 열 번
속 옷 적시고 나니
겁 나신게다

살갑지 않나
자책하며
치킨 들고 달리다

머리 얼굴 어깨 등어리
발가락도
만져보며

'어무이, 죽는 것이 두렵소?!
몸 떠난 영혼이 제 육신

내려다보며
하늘로 가는 게 죽음이라요'

대갈성
토하고

둘이 동상이몽
마음 흘기며
웃다

안마

어무이
내가 잘 못했어

회한의 눈물
흘리기엔
멀리 왔지만

어무이
내가 미안하요

용서의
무릎 꿇기엔
늦은 감 있지만

그래도
어무이

자그마한
뼈마디
움켜잡고

눌러보다

어서 잠자듯
떠나기 소원하요

시원타
시원타 흔들리는
속 다 보이는
하얀 머리

회한, 용서, 오열

어무이 굽은 등 타고
녹아내려

'어무이!'

속으로만 불러보다

아침

가을 하늘로부터
갓 나온
햇빛

유리창 스크린에
노오랗게
부서지고

내 어릴 적
마루 끝
연회색 고양이
쓰다듬던
색깔

앞 동 지붕 양철
햇빛은 다시
은빛으로
태어나

초등시절

앞개로 건너는 강
윤슬 빛깔이 된다

아재가
물구나무서서
흰 모래 위 걸을 때
난 자꾸
쓰러지기만 했지

'곤 아 더 데이즈~
왠 마이 핫 워즈 영 앤 게이~'
아재가
노래 부르면

내 영롱했던
꿈은
하늘거리며
강을 건너고
재를 넘어
날아갔지

과테말라 산
커피 향에
코를 묻고

유년을
음미하다

---

* '곤 아 더 데이즈~ 왠 마이 핱 워즈 영 앤 게이~' : 미국민요 '올드 블랙
  조'(1853)의 첫 소절, S. C. 포스터 작곡, 'Gone are the days when
  my heart was young and gay~!'

숙모

아재에게 시집 온 아지매는
아지매가 아니다
신식 언니다

나는 아무 생각 없이
앉아서 방을 닦고

울 숙모 언니는
모차르트와 쇼팽
리듬으로 닦는다

일곱 해를 함께 살아도
찡그린 얼굴 못 본 것은
바흐 때문일까
아재 때문일까

그래 나도
아재 같은 신랑 얻고
모차르트 바흐 쇼팽과
친해져야지

아재

아재 왜 우노

대청 마루아래
댓돌
사금파리 놓아
소꿉놀이 한다

손 등 위로 떨어진
굵은 눈물
한 방울

키가 대청보다
몇 배 높은 아재가
떨어뜨린 거다

아재 왜 우노

내일 떠나는 게
서운해서
그러나

아재가 서울서
오는 날을
손꼽아 기다렸는데
벌써 방학인가가
끝났는가

할배는 전쟁통 서울서 잃어버린
울 아부지 때문인가
등록금인가 뭘 줄 때는
언제나
아재를 울린다

아재가 울어서
오빠도 나도
서울로 왔다

우산

마당 아래로
깔리는 저녁연기

코 안쪽으로 파고드는
내음 사이로
걷잡을 수 없이
쏟아지는
비

안채 마당 지나
사랑마루 가려면

우리 집
제일 아끼는 우산
쓰고 싶다

할매
통 배 고무신
발
끼워 넣고

우리 식구 모두
들어가도 되는
우산 펼치니

우와
우당탕탕

나를 때리지 못 하네

사랑채 가는 일
가지고 와야 하는 것
잊고

구름 위로
앉아 보네

'무릉도원'
배울 때
떠오르는 장면

이제
자그만 우산이라도 되어

삶으로
꽂히는 소나기
곧 사라질
맵싸함

견디고 막아내고
기다려야 하리

똥

오십 년 전
뇌졸중 할머니
삼 년 사흘

작년
수술한
짝궁 수발 들다

우리 집으로
시집 온
여인네들
생각나다

앞서 시모 경험한
후배
"똥이 더럽습니까!"

"…………?!"

"'야 이 ~~년아~!'

입으로 나오는게

더럽지요”

"..............!!!"

2부

만남

만남(시) 1

마주하면
언제나
가슴은
뛰고

아물어 가는
부위에
사르락
스며든다

정갈한
언어의
두레박으로
추억을
잣아 올리고

별 것 아닌 일들이
너를 만나면
물안개가
된다

스러지는
날
부축하며

때론
오색의
폭죽이
되어

팡 팡
기쁨의 향연
하늘 높이
소리
올린다

만남 2

촌 아이
마음 그대로
있다

똑같이
빛나는
하이얀
교복 칼러

마음은
고향집
남향 따스한
대청에
있다

물리 화학 수학
어려운거
배워도

교정 뜰

베츄니아만
못해

꽃잎 따
마음속에
접어
말린다

선생님
냄새는
엄마의
아릿함과
사뭇 낯설어

국어시간
책 읽으면

목조건물
필례관
떠나가라

책상
두들기며
발 구르며
이이들 웃는다

그 아이 중
친구 되어
서로
그림자
되었다

만남 3

함께 일하자 손 내밀어 준
카리스마 여인

당당하여
먼지 한 톨 용납 않는
무균 여인

저 깊은 곳에서
자아올린
눈물로

십자가 발등상에
함께
꿇어 엎드린
기도의 여인

가끔씩
신은
하늘에 친 그물로

불순물
빼고자
흔들어 주다

칠십까지
함께 일하며
뼈를
묻자 했더니

눈 깜빡할 사이
등은 굽고
개구쟁이들
속속 떠나고

차 한 잔 앞에 두고
터져 나오는 속마음 이야기
끊일 줄 모르네

만남 4

엄보 천방 기나긴 둑 지나
첫 눈
바람 휘몰아치던 날
서울 향한 발 길 저만치

까맣게 빛나던 머리
대학교복
어디서 본 듯

전학 와
공부 앞질러
무색케 하던 그 남자 애

치~익 재수 없단 말
차마 쓰긴 어려워
못 본 척

꽃샘추위 가시지 않은
봄 날
'태양' 다방

청바지에 굵게 쓴
'천상천하유아독존'

앞서거니 뒤서거니
함께 보낸 세월
육십 년

만나면 헤어져야 하는 순리
앞에 두고
술처럼 무르익어 가고 있네

12월

저
빛깔 좀 보소
훠이 훠이
울 엄마
봄 옷 빛 아니이껴

저
기와집 좀 보소
솟을 대문
우리 뒷집
이뿌이 무더이네 집
아닐니껴

저
새 지붕 올린
삼간초가 좀 보소
육남매 살던
천득이네 아니이껴

저
이엉 얹어 논
담 따라
주욱 내려가면
순자
점희네 집으로
가는 길
나오잖니껴

고향 없다는
서울 친구들
올 마지막 달
고향 닮은
민속촌
걸었니더

달과 문신

'어머니는 죽어서 달이 되었다
바람에게도 가지 않고
길 밖에도 가지 않고
어머니는 달이 되어
나와 함께 긴 밤을, 같이 걸었다'

전철 유리창에 새겨진
'사모곡'

죽어서 달이 된 그녀가
우리 마음
짙푸른 문신과 만나

영희 태금 혜옥 민자
봉희 영선 한규

카톡 방에서
'어무이~!'

함께 울었다

새해 아침(2018)

이파리
하나 없는
나이 어린
산수유나무

비바람
막아줄 이 없는
더덕 밭모퉁이

외줄기
길옆에
서 있다

먹이 찾던
털벌레들
지난여름
몸 다 내어주고

해안
찬 북서풍

붉어도
할 수 있는 건
참아내는 일 뿐

작은 희망
놓지 않으려
새 아침
기지개 펴다

벼이삭에
오동통 살 오른
마음 가난한
참새들

가지마다
열매되어
다닥다닥

풍족한 꿈
나누니

더
바랄 것 없네

금붕어

세 가족 중
너만
남았구나

조용하고
넓은 집에

먹을 것
몇 개 있으면
걱정 없네

마음껏
운동하고
자유롭게

시간도
넉넉한데

책도 읽고
글도 쓰렴

더
넓은 세상
가고 싶으면

나에게
놀러 와
재미난 이야기

놀자

눈 내리는 날

오사와
일월
온 통
흰색으로 된 땅

야마구치상 따라
눈 산 타러 간다

엄보 천방
첫 눈
생각 나

두 팔 벌려
머리에
하트 만들고

가슴 한 올 한 올
저려오는
눈 꽃 휘날리는 날

넘어지지 말라
사인 보내고

나무 위 쌓인
눈송이만큼

우리 세월
이야기도
쌓이네

빛나라 아이들

빛나라
빛 살 같은
아이들

가슴에
달려 들어와
꽂히다

'사랑'이란 걸
주러 왔다가
웃음 나누고

받고나서야
겨우
알아채다

그림자
발자국
입김 보고도

그것이
'파워플레이'라며
열광하고

'존중'에 목마른
아이들

빛살 같이
영글어 가고 있네

눈

그대 눈
나의 눈
다리 만들고

실개천 건너
세상 구경
함께 가네

강 지나고
폭포에
다다르니
아득하여
눈 감아 버려

다리는
조각나고
그대 둥둥
나 둥둥
떠 다니네

다리
다시 놓아 보려
안경 쓰고
렌즈 끼고

나부끼며
바다에
흘러 와 보니
안경 한 알
없어져

커다란 배
머리 위
대교
올려 보며

그래도
볼 수 있음에
안도하네

선물

무뚝뚝하고
선한 얼굴 미쥬사끼상

투박하고
밋밋한
손으로

밥상 너머로
건네 준
아내
노리꼬상의
꾸깃한 봉지

마음으로 받아
목례와
상아래 접었다

옆 기시오 교수
못 참겠다는 듯
눈을

봉지로
짓궂게 꽂는다

봉지 안
새 하얀 손수건
묶어 논
다섯 알 센베이

스물일곱 해
우정
들어 있다

약속

우리
일 년에
한 번씩
만나기로 한다면

스무 번
만날 수 있을까

봄
튜울립 모여 있는
그리 멀지 않은 화원

여름
시냇물 어우러지는
강가나
두 물 머리

가을
단풍 고운
고향 산언저리

겨울
눈꽃과
뜨거운 물 좋은
노천탕

한 계절
한 번
만나기로 한다면
더 무엇을 바라랴

천생연분

한 이백 년 전
덕산에
살던
아지매

예수인들
모여 있고
보나파치오도
기다리는

저 아래 동네
해남으로
피난가다

예수 잡던
사울 같던 포졸에
순교하다

이 삶에서
덕산 아지매

그
포졸
만나

평생
웬쑤로
옆에 두고
용서를
배우다

3부

하얀 민들레

하얀 민들레

사자 이빨 이파리
겹겹이 둘러싼
기와 담

초록
기개로 자라난
처녀

세모 네모 동그라미
수놓은
면사포 쓰고

홀로 떠나길
결심하다

뿌리 사랑 떨치고
담벼락 넘어

훌훌 털고
바람 따라

영혼 일깨우러
하늘로만 날아

새로운 세계
꿈꾸며
정착한 땅은

척박하기
그지없는
황무지 같아 보여

찢어진 면사포 조각
아픔과 절망
싸안으며

검디검은 땅에
입 맞추다

햇살 옆으로 다가와
도닥거려

고개 들라 고개 들라

떠나올 적
꿈
솟아나
들판 가득
희망으로 피어나다

흐린 겨울날

오늘 같은 날

언니
하나 있었으면

에스프레소
마시며

사는 이야기

이런 저런
나누었으면

눈발
한두 점
날리면

중앙선 타고

아랫목 발 넣어

도란거리던

고향집

배추 전
부쳐 먹었으면

똥

함미~
응가 마여워

응
얼른 가
다하고 함미 불러라~

.......!
다 해쪄~

으~음
구수한 냄새가 나는 거~얼

할머니 응가 하고 올게

시더 놀자~

그래 그래
다 하고 너 부를께~

.......!

할머니 응가 다 했어

닦아죠

시더~

왜에?

시더 냄새 나자나~!

수세미

대지의
꿈 먹고 자라
꿈처럼
살 줄 알았다

우윳 빛
진액 뽑아내다
마침내
속 들여다보이는 형상

만지면
깔깔하고
부스럭대지만

결코
부서지지 않아

쌀뜨물
밀가루
품고

차마 눈 뜨고
보기 어려운 것 까지도

온 몸으로
닦아 내어

내 오던 곳으로
장렬히
돌아가리

의자

신께 받은
조촐해 보였던 부름

'움직이지만 말라'

때론 발이 아파
소리 내면
머그레로
입 막는 고통

때론
기다림에
몸부림치고파

떠나간 페르귄트
생각하며
하늘만
바라보는
솔베이지 되어
노래 부른다

그 날

내 연인

돌아오는 날

들려줄 노래

솔베이지의 노래

*머그레 : 소가 일할 때 옆의 풀을 뜯지 않고 일만 하도록 입에 씌우는 망.
*솔베이지의 노래 : 노르웨이의 작곡가 그리그(Edvard Hagerup Grieg,
 1843-1907)의 모음곡 중 하나. 서정적이고 우울한 선율이 돋보이는 수작.
*페르귄트 : 노르웨이 극작가 입센이 쓴 환상 희곡 〈페르귄트 : Peer
 Gynt〉, 솔베이지 송 유래의 남자주인공, 솔베이지의 연인.

독감예찬

메슥거리는 속
달래려고
물마시며
위장의 존재 안다

구푸려 집 앞
가정 의원까지
도저히 못갈 것 같아

차로 갈까
엄두 나지 않아
발과 다리에게
노고 치하하고 싶어지다

남편
어제 똑같은 일 겪어
말 못 꺼내
끙끙대다
웃다

무어라도 먹고
약 먹으라는데
싱크댄 멀기만 해

감 한 개
누워서 먹다

눈 깜빡여 본다
살아 있다

목이 나도 살았다고
기염 토하며
목청 돋우다

약 먹고 자고
미음 먹고 자고

나 여기 있노라고
욱신거리며
허리도 난리부리다

하얀 밥
고등어 생물
김치 통째
뭉크러뜨리니
맛나다

팔 다리 흔들고
균형 잡으며
그래
너희들 소중하게
다루어 줄게

친구에게 편지도 쓰다

해를 보내며(2017)

오늘
마지막 날
모든 수고와 시름
떠나가는 날

얼룩진 손수건
맑은 물에
담구어
비벼요

수놓인
꽃과 나비
지워지지
않을 만큼 만

내일
새로운 마음
우리 곁으로
다가와

머물게 하여
보듬어
무럭무럭
자라게 하리라

희망일랑
누구라도
거절하지 않으며

색색으로
물들여질
계절

사랑하는 이
눈길 손길
가닥 잡아
쫑쫑
땋아 내리세

작은 미소

엷게 떨리는
입술
놓치지 않고

한 방울
눈물이라도
손수건에 담아

꽃
시들지 않고
나비
날아오르게 하리라

새벽기도

달빛
지나가는
소리

혼곤히
잠든
나를
흔들어 깨우다

비비고
일어나
달 모양
보다

기도
하라고
깨웠구나

새벽달
서쪽 창 앞에 와

기도가
많이
밀려 있다고...

무조건
무릎 꿇고
소리
듣다

하늘이
열리고

내 소리도

위로
올라가다

파도

쓰나미
한바탕
온 지구 덮치고 나니

땅과 바다
찢어지고

아비도 아들도
혼비백산
남북으로
갈려나갔다

깨어진 산 들
흩어져

바다 속 깊이
숨어

풍랑 일어
거대 나라들 항공모함

뜰라치면

지레 겁먹고
발버둥 치며
아우성이다

말랑거리는 물고기 배
밀치고
뭍으로 달려 나온다

신이시여 부디
저 남쪽 호수에

편히 쉬게 하소서

마음에게

내 의식과
무의식의
둥지에서

오감의
비위를 맞추느라
고생이 많다

몹쓸 말
들으면
화들짝 뛰어주고

천둥소리
번개 치는 날
도닥거려 주면서

괜찮아
가슴
쓸어주곤 했지

이제 부터는
내 오감
모두 동원해

너의 상처
보듬어주고
헐어진 둥지
매만져

함께 거친 세월
동고동락 하자꾸나

청소

신이시여
우릴 쓰레기처럼

또 한 번
휩쓸어 버리려고 하나이까

자기는
쓰레기 아니라고 하는
몇 사람이라도
살려 두어 주소서

쓰레기와 같은 인간
인간 같은 쓰레기

둘 중 누구를
살려 두시렵니까

무슨 자비나 정의
존재는 아오나

왜 그런 것이
제겐 없는 것일까요

부디
우리 속에
조금 오래 머물게 하소서

하긴
그들 존재로
한 세상 살고 있음을
잊어버리지 않게 하시면
청소는
좀
서두르지 않아도
좋겠나이다

커피

나
죽어서
한 줄기
진 내음 되리라

과테말라
에티오피아
고향이 어딘진 몰라도

태어났을 때
축복해 주던 이들
있었지

싱그러운
꿈

적도
바라보며

붉디붉은

입술
영원한 사랑
노래하였지

해 더할수록
누렇게
빛바랜
얼굴

일용할 양식 위해
까맣게 탄
가슴

진솔한 삶
나누려는
뜨거운
염원

눈물 한 방울
땀 한 방울

짜낸

에스프레소

어리석은 질문

신이시여
하와가
금지된 열매
따 먹을 때
어디 계셨어요

가인이 아벨
쳐 죽일 때
어디 계셨어요

바벨탑 쌓아
하늘에 닿을 거라고
시끌벅적 거려서
모두 흩으셨지요

잉태하지 못하여
잠 못 이루는
여인네들
몰려와
눈물 흘릴 때

어디 계셨어요

유대인 사백 육십 년
종살이 신음 넘쳐날 때
울부짖을 때까지
기다리셨지요

참다못해 육신이 되어
우리 데리고 갈 준비하셨지만
여전히 가인의 후예가 되어
날마다
새롭고 더 뾰족한 못으로
당신 손바닥에
망치질 하고 있어요

스테반 돌 맞고
베드로 거꾸로 매달리고
바울 마흔 아홉 번 태장
세 번 맞을 때

히틀러
육백만 머리 깎아
아우슈비츠
가스실 넣을 때

일본이 우리를
우리가 우리끼리
치고 박고
하는걸 보시면서
어떤 생각 하셨어요

당신의 침묵 때문에
숨통 멎을 것 같지만

만약
넘치는 질문들
일일이 답하려면
한 순간 숨이 멎고야 말
당신
그래서 니체가 당신이

죽었다고 했나요

인내든 뭐든 바닥 난
이곳에
조금 더 일찍 오실 순 없나요

시집

처음엔
꽃잎 풀잎
'한국의 명시' '세계의 명시'
책갈피에
끼우고

여름 방학
깎아지른 부용대 앞
무던이 이젤 옆

'산산히 부서진 이름이여~!
허공중에 헤어진 이름이여!'

라이너 마리아 릴케
워즈워드의 시를 읊조리고

만송정 자락에서
크게
팔을 휘저으며
무슨 꿈인가를 꾸었지

'미친년처럼 바람이 분다'
'어머니'를
시제로
어줍게 일기장을 두드리고

세월에
휩쓸리다
그만
'시'라는 단어조차
잊고 살아

초로가 된
어느 날
한 자루 배변 하듯
시어들이

가슴에선가
몸속에선가
멍울멍울
밀려 나오고

이런 이상스런
일련의 작태가
멈추기 전

나도
시집 한 번
내 보면
좋으련만

무념무상

시모
치매 요양병원
가시다

예순일곱 해 전
연지 곤지
찍고

가마타고
산모랭이
돌고 돌아

낮 설고
물 설은 곳
조당수
끓이다가

아들 딸
아들 딸
또 아들 딸

낳아

기다려도
기다려 보아도
채워지지 않는
사랑

이리 저리
기대해 보아도
턱없이
차오르지 않는
살가움

실망하고 낙담하다
생각을 놓쳐

분 내어도
성에 차지 않아

소리 질러도

맘
알아주는 이
없어

차라리
생각말자
포기가
편하려나

남편 손 꼬집어보고
딸년에게 눈 흘겨도

아무런 소용없어
어찌
며눌 년을
기대하랴

손자 얼굴
앞세운
맏아들 놈

도무지
맘 안 들어

그래
이것들아
난
무념무상이 되려마

*조당수 : 좁쌀과 곡식가루로 묽게 쑨 죽. 가난한 시절 이 죽을 나누어 고생
 을 함께한 부인을 조강지처라고 함.

연분홍 치마

어머님
데이 케어 센터
노래책
가요 반세기

두 분 사이
앉아
목청
가다듬다

'연분홍 치마가
봄바람에~'

이십 여 곡
사이사이

터지려는
오열 자락
잡아

몸 들썩이며
삼중창 하모니
만들다

아버님
너그러움
부드러움

어머님
오래 참음
부지런함

마음 판에
새겨진
끝나지 않을
노래

외손자

네 해 동안

어떻게
그렇게
많은 말

웃음
대답
뜀뛰기
배웠을까

귓가
속삭임

'함미, 사랑해요'

맘도
몸도
녹아

그리움으로만
남네

친손자

아가야
어디서
네가
왔을까

이마
손 짚고
두 손 모아
가슴 얹어도

모를 일

작은 몸짓
배냇짓 미소

누가 너에게
눈
뜨라고 명하든

아빠 엄마

합비 함미

희망
나누려고
왔구나

기쁨으로
다가온
너
아가야

오로시
감사의 꽃으로
피어라~!

세환이

이른 아침
미소 안고

할미에게
안긴다

몸속
밤새
꿀
담고 왔구나

발등 끝
얹어놓고
둥게야 둥게야
새 털 같구나

풍선 불어
배구놀이
할미 머리
'푸석'

닿으면

옆으로
스러져
지그재그로
웃는구나

'푸 하하하'

스모싸움
낚시놀이
동물웃음
윷놀이

날로 달로
새로워지네

혜옥이

참 오랜 만
만난 지 오십 년인가

귀 열고
맘도 열고
이야기 주머니

모래알처럼
솔솔솔
잘도 나온다

머리가 상했다는
말
누가
안 넘어갈까

헤어 디자이너
꼬드김
넘어가 주는 건

더불어 살자는
내면의
소리

예뻐지고 싶은 건
우리의
열망

아뿔싸
지갑
너무 많이 열리는 줄
몰랐구나

그래도
딸기 살 돈 남았지
부우잔기라

고교동창

오십 년 만인가
명동 성당 앞

보자마자
알아챘다

머리가 꼬불
교복 없어도

하아
내 친구
혜우
예리
승옥

다짜고짜
신부님 얘기
엄마 언니 오빠 남동생

우린

무슨 말인지
다 알아 이젠

명동은 안중에도 없지만
칼국술
잊으랴

입을 아무리 놀려도
감질나

강화도 하룻밤
수다 떨 약속

머리가
더 세는 거 아닌가
날짜가 안가네

미치꼬와 나

미치꼬상
20년 전
오빠
먼저 보내고

49일 전
드디어
엄마
보내드렸다

오늘
사십 구제
고향으로 떠났다

슬픔 있겠지만
얼굴은 평화롭다

꼬옥
싸 놓았던
오빠 없는

외로움이

미치꼬에게서
위로 얻고

천애 고아
되었다
말해도

자유로워 보이는
미치코상

우리는
제 몸
간수하기 바쁜
노인 초년생

친구에게

초겨울 맞은
우리

견디기 힘든
한파
밀어닥치기 전

너에게
손으로 쓴
편지
한 통
써 보내리라

넌
하늘 열리고
내리는
함박눈 같은
축복

나

울먹일 때
기쁠 때
어찌할 바 모를
그 때

곁을
걸어 온
널
생각하리라

너와 나
모양 색깔 냄새
달라졌을까

아니
태고 적부터
같을 순 없었지만

오늘
그 자리

여전히 서 있는
사람

한 편 시
보내고 싶다

수세미

집사님 떠 준 빨강 수세미
영혼 맑게 닦아내고

선배님 떠 준 파랑 수세미
정신 불 밝혀주며

시누이 떠 준 노랗고
올록볼록한 수세미
내 마음 곱게 보다듬어 주네

어느 인생

그의 등 어디엔가
새벽 오면 튀어 오르는
용수철 있나보다

그의 귀 언저리에도
새 날 알리는
소리 고운 자명종
있을게다

국 끓고 있어도
튀어 나가는 걸 보면
아주 달콤한 엿이라도 두고 왔지

일체의 소리 잠자는 틈 타
머리 녹슬까
수학문제 푸는지도 모른다

몸 녹 냄새 날까
관악 다 누비고
코타키나발루 안나푸르나 킬리만자로

휘트니 걷고 다니나

왼쪽 가슴 잔 찌꺼기 내보내려
한잔 술

다른 쪽 가슴 빈 잔 채우려
걷고 뛰고 마라톤 하나

이제
골인 점 남겨 두고
세찬
숨 몰아쉬며

옷도 갈아입고
집으로 돌아가 보려네

간병

앰블런스 앞에 앉아
십오 분 만에
병원 날아가
눈물 찔끔

생물 시간 들었던
황색 포도상 구균
허리 열고
항생제 들이 부어
떠내려 보내고

등에
비행접시 두 개
수류탄 두 알 달아 메어

정형외과
소화기 내과
다시
재활의학과로
옮겨 다니다

침대 째로
엑스레이
대장 내시경
수술 방 전전하며
유언하다

논문 손으로 쓴 건
세환이 주고
타이핑 본은
희망이 주라고

세상 가 볼 만큼 가보고
공부 하고 싶은 만큼 해보았으나
희망이를 만나 보아야 한다고

누워서 밥 먹기 이 닦기
머리 감기 대소변 되는데
치실 질은 암만해도 역부족이다

마스크 장갑 철 무장하고

혈변 받아 무게 재어도
혈압 오십으로 떨어지면
대책 없어
곤히 자던 의사 달려오다

휠체어 탈 수만 있다면
강촌이나 어디에나 나가 앉아
그림 그리고 시도 쓰자고

무려 넉 달 만에
귀가 회복하니 무엇을 더 바랄까
관악산 종주하는 날 잔치 열자고
희망 잃지 않아

알프스 트레킹 길 다시 오르다

5부

여행

알프스 가는 길

이른 아침
일주일 분 배낭 메고
하늘 아래 첫 동네
아헨 Aachen 역

작은 역마다
어디서 본 듯한
순박하다 못해
마음 허물어지는
독일 아줌마들 탄다

쾰른 대성당이 보이는 역은
정신 차려야 해

옳다구나 이체 ICE에
발을 올리자
떠난다

아직 이 분 전인데 왜?

초고속 열차는
남쪽 알프스와
점점 멀어가고....

국제 미아가 되는가
다음 역은 어디인가

그렇다
이 지구상 어드메에
아주 안전하게
있는 것이다

친절한 자전거 청년
내 말 믿어준 역무원

만하임, 뮌스터역
완행과 초고속을 번 가르고
뮌헨역
전혜린을 만나
샌드위치와 히퍼바이쎈 한 잔

마음과 다리를 풀다

드디어
에스비비SBB에
몸을 싣고
인터라켄 동역

개선장군이 되다

*이체(ICE) : 독일 초고속 열차
*에스비비(SBB) : 스위스 열차
*히퍼바이쎈 : 독일 생맥주
*전혜린 : 수필가이자 번역 문학가. '그리고 아무 말도 하지 않았다'의 저자.
*인터라켄 : 스위스 알프스인 융프라우가 있는 아름다운 작은 마을.

행글라이딩

바람이
절벽을 향해
불기를

기다려

마침내
토마스의
어깨에 달린
가죽 끈을

단단히
잡고

토마스의
구령에 맞추어

30도
기울기
천애 낭떠러지를 향해

전력질주를
하다

순간
발이 닿지 않는
느낌으로

땅의
미련을
버리다

우와
저
독수리와
같이

날고 있다
동네를 지나
호수를 지나

바람결에 의지해

두근두근
심장
튀어 오르는
소리도

죽음의
두려움도
부질없는

진공 같은
고요~!

영혼을
비우다

*토마스 : 스위스 인터라켄 행글라이딩 전문가.
*연파는 64세 때 독일 아헨에서 혼자 기차로 스위스 알프스인 융프라우로
  여행. 800m 높이에서 행글라이딩 함.

몇 마디 말

인터라켄
잔디밭
코쟁이 키 큰 아저씨

듬성듬성
행글라이더 잔해
챙기다

케이블 카 타고
피르스트(First) 다녀온 호기로
목청 돋우어

'캔 아이? 아임 씩스티 포~!' Can I? I'm sixty-four!

'와이 낫?' Why not?

'하우 마춰?' How much?

'쓰리 한드러드 피프티~!' Three hundred fifty!

'오우! 익스팬씨브~!' Oh! Expensive~?

회색 할머니
벤취에서 일어나

'아임 쎄븐티~!' I'm seventy~!
'아이 쩌스트 케임 다운~!' I just came down~!
'원스 인 유어 라잎~!' Once in your life~!

오른 손 엄지 들어 보이며
걸어 온다

장가 안 간 아들 집 왔다며
머리칼 아무렇게나 묶은
청년 소개하다

순식간에
인생 바꾸어 놓은
행글라이딩 이야기
살아온 이야기

꽃이 핀다

내일 아침
너 타는 모습
지켜보아 주마고

지름 신 발동 걸고
흔쾌히
오십 유로
지불한다

가슴
두 방망이질
심장
밖으로
튀어 나오고

'안 샘, 나 떨려요!'
'감기 몸살이세요?'
한국 후배 젊어 이해 못 해

'여보, 나 행글라이더 타기로 했따아~!'
'아이 앤비 유~!' I envy you~!
말려주면 될 텐데
도움 안 돼

운명의 신이시여
어찌 날
예순 네 살

생을
마감하게 하나이까

그
말 몇 마디 때문에

마터호른Matterhorn

인터라켄
융프라우 뒤로 하고
툰 호수 끼고
노란 머리
검은 머리
배낭과 어우러져

마터호른
하늘 찌르는
체르마트Zermatt 향하여
열차 뱅뱅
돌아 달린다

휘발유차 없는
청정지역
라클렛
퐁듀
요금 바가지 쓰다

미국인 부인

젊은 한국 여성
가도 가도 끝없는 만년설
마태호른 아래

그 위용
맑고 푸른 빙하물 속
드리운
순수 아름다움
가슴 저려와
함께 눈물 흘리다

그녀에게
라면
고추장
내어 주고
왼쪽 등 거스르는
일회용 슬리퍼 빼어 버리니
한결 걸을 만하다

속은 것 밝히고

조금 나누고
불편한 것 버리고
가슴으로 공감하며

인생길 걸어가는 것
어찌
마터호른 가는 길과
다르랴

*마터호른 : 스위스의 체르마트 마을 남쪽 10km, 스위스와 이탈리아의 국
  경에 있는 알프스 산맥의 산, 높이가 4,478m이다.

알고이 추억

하루는
주인집 자전거로
둑길 맑은 물소리
넘어
치즈 파는 마을

또 하루
이른 아침
기차는
오스트리아와 보덴제 Boden See
사이로
깊숙이

독일 끝 마을
오베르스트도르프 Oberstdorf

만년설
알프스
구름 위로 겹겹이
희기만 하다

캄보디아

이른 아침
마을로
나가

손짓하며
'껏소'
'깟소'
머리깎는
시늉

'예수 스리란예'
외마디 소리

트모다
교회
돌아오면

아침밥은
먹었는지
한 마당 모여 있다

냄새 좋은
샴푸
린스

길고 긴
검은 머리칼
부드럽게
감아올리며

'자~안나!'

동그란
눈
쌍거풀 깊게 드리운
맑고
고운
눈

초겨울 센다이

바람의 눈 속으로
빨려 들어가
뱅뱅뱅
맴을 돌다가

어지러워
얼굴
노오랗게 된
플라타나스
이파리들

반가운 마음
문 밀고 들어선
인기척

놀라
휘둥그레진

자그만 다다미 호텔
'수미레'

검은 눈 고양이

담쟁이 잎
떨구어
앙상한 삼베 옷

추워만 보이는
도호꾸 대학
담벼락

모두
아무 일 없었다고
무심한 체
고개 떨구다

그러나
아~악
아~악

여섯 해 전

따스한
봄날

엄마 잃었던
까마귀

피 토하듯
소리치며
날아가다

그 때

태평양
태고부터
애 끓다

마침내
터져 나온 분노
오열의 바다

아직
검푸른 가슴
멍 자국

피 흘린 흔적
상체기로
남아

조금씩
아주 천천히
지워져 가는 중이라고

차분히
나지막하게
말하는
센다이

*센다이 : 2012년 봄, 쓰나미로 1만 5천 명이 사망한 일본 북쪽 도시. 도호
　꾸대학 재료학과 아메자와교수는 자기 차가 떠내려가는 것을 목격하였다.

긴자거리 활보

아까몽역
일일 티켓 사려고

천 엔을
넣다
뺐다
용을 쓰는데

햇살 웃음
역무원 뛰어와

회수권이 더
싸다고 귀띔 한다

난보꾸센 타고
아까센으로 갈아타
여섯 역

우와
얼마 만에 온

154

긴자인가

아침
만 오천 앤
많다고 생각했는데

점심 먹고
헝겊 가방 하나
사고 나니
가슴 철렁

선 글래스
빼 끼고 거리만 활보하다

다시 아까몽
역무원
두 엄지 들어 보인다

맨발 산책

힐튼
후꾸오카 씨 호크
옆으로
알싸~한
바람

규슈 타워
휘돌아
현해탄 쪽으로
분다

고향 강변
'만송정' 닮은
해송들만 사는
마을

어디서 실려 왔을까
쓰나미 와도
밀려나지 않을
덩치 큰 돌

무리

발바닥으로
울려오는
찰찰거리는
초겨울
소리

등대 붙잡고 있는
기나긴
방파제 끝
아내 잃은
낚시꾼
하나

젊음을
카메라에
담고 있는
한 쌍의
연인

까맣게
입김 부비며
추위 견디는
물오리
부대

이따금
나타났다가
사라지는
여객선
한 대

11월
모모치 해변
바다 매
낮게 날아
한가로운
오후

*모모치 해변 : 일본 후꾸오카 해변

눈 내리는 마을

가와바타 야스나리의
'설국(雪國)' 마을에 오다

시마무라의 눈으로
나무 위
눈 꽃 보니

고혹적인
고마코의 이마와 목덜미
보이는 듯

사흘째
쉬지 않고
눈 내리는 마을

아직 열린 적 없는
요코의 지순함
그대로이다

세월

그들 옆으로
계곡 물 따라
흘러

우리가
지순했던 시절
문학

역사 되어
태평양으로
간다

*가와바타 야스나리 : 일본 소설가. '설국(雪國)' 작가. 1968년 노벨문학상
 수상.

겨울 노천탕

뜨거운 물 위로
향을
날리는
오사와 온센

굳은 발목
돌려 보고
발도 저어
몸 온도
재어본다

어깨 위
날아 앉는
내 날개 같은
눈 꽃

뜨거움
차가움
만나는 곳

이상과
현실의
만남

금성 화성
어우러지는
우주

사자 토끼
노니는
평화로운
조화

하루 파리 여행

오늘
독일 넉 달 중
마지막 날
언제 또 올 수 있을까

홀연히
아헨 역
떼제베 TGV 타다

통독 전
독일인들과
세느강 물길
가르던
기억

헤이그
학회 가는 길
이젤 짊어지고 올랐던
몽마르뜨 언덕
아스라해

파리 북 역
지하철
'쏘티 sortie'만 보아도
불어 통달한 만큼
반갑다

시태섬
노틀담 사원
세느강 따라 걸어

섬세한 장식으로
유혹하는
자그만 레스토랑에서
다리를 풀다

에펠탑 사진 몇 컷

더 이상 파리는
피곤함
그 이상도 이하도 아니다

개선문 저만치 서 있어도
도무지 발걸음은
옮겨지지 않아

개선문
샹젤리제
오벨리스크

사진 찍어 주던
택시 기사
'너 무슨 여행을 그리 하냐?'

그리도
가슴
벅차오르기만 하던
'혼자 여행'
종지부 찍다

*떼제베(TGV) : 프랑스 초고속 열차
*족티(sortie) : 지하철역마다 쓰여 있는 '나가는 길'

망월리

강화
서해안
북쪽 끝자락

붉고
뜨겁게
타오르던

해
바다로
가라앉아도

나는
걱정하거나
절망하지 않는다

동쪽
고려산
검게 칠해진 곳

조금
더 길게
한 참 기다리면

초승달
상현 하현
둥그런 보름달이

날마다
모양새
차례로 바꾸어 온다

그가
아파서
오지 않는 날은

비
그 대신
위로하러 오는 곳

조금 더
며칠만
잠잠히 기다리면

아스라한
첫 사랑으로

풋풋하게
살아나는 희망으로

결코
스러짐 없고
짙지 않은 환희로

떠 온다

고목과 낙조

새싹으로 태어나
천 년 살고

바람
소낙비
번개 우레
견디다가

덕유산 고목으로
다시 태어나

새 천 년
홀홀 단신
꼿꼿이 서있네

어느 새
반백이 된
낙조
마주 보며

뜨겁던 열정
무성했던 이파리
피우던
노고
나누어

서서
너를 보며
내일 또 만날 수 있다는
바램을

참아낸 보상으로
받아

웃네

달맞이

동쪽
고려산 위
하야니
떠오는
순결을 맞으러

서쪽
먼발치로부터
물발이
밀리어오다

샤르르 찰찰
나지막한
소리로

우리네 아픔
개들의 짖음
소 울음

가만히

잠재우려고

별립산 별들
내가천 송사리

그들의 만남을
겸허히
축복하다

달은
중천에서

밀물은
망월 언덕
가득히

밤을
춤추다

기러기도

풀벌레도
우리 집
느티나무도

교향악단으로
무희로
나서고야 말다

솨아~!
찌찌찌르르~!
고아악~!
찌르르르~!

분꽃은 네 시에 핀다

초판 1쇄 발행 2018년 6월 1일
초판 2쇄 발행 2020년 11월 11일

지 은 이   유한규
펴 낸 이   류한경
펴 낸 곳   한스북스

출판등록   2011년 11월 15일 제301-2011-205호
주   소   서울시 중구 퇴계로 32길 24, 예장빌딩 301호
전   화   02)3273-1247

ISBN 979-11-87317-04-3 03810